PETIT SÉMINAIRE D'AJACCIO.

DISTRIBUTION DES PRIX,

17 juillet 1854.

AJACCIO,

IMPRIMERIE DE G. MARCHI.

1854.

PETIT-SÉMINAIRE D'AJACCIO.

DISTRIBUTION SOLENNELLE DES PRIX.

17 juillet 1854.

PRIX DE BONNE CONDUITE

Fondé à perpétuité

PAR MADAME LA PRINCESSE

DE MONTMORENCY DE BEAUFFREMONT,

DÉCERNÉ PAR LES SUFFRAGES DES MAÎTRES ET DES ÉLÈVES

A M. DOMINICI, THOMAS,

DE LURI.

INSTRUCTION RELIGIEUSE.

CLASSE DE PHILOSOPHIE.

1er *prix.* MM. Benedetti, Roch-Antoine, de Sto Pietro di Tenda.
2e *prix.* Paoli, Dominique-Antoine, de Letia.
1er *acc.* Franceschi, Jean-Augustin, de Pioggiola.
2e *acc.* Antonini, Pierre-Toussaint, de Scanafaghiaccia.

Rhétorique.

1er *prix.* MM. Battesti, Antoine, de Sto Pietro di Venaco.
2e *prix.* Lucchini, Pierre-Marie, de Ciammannacce,
1er *acc.* Muselli, Louis, d'Ocana.
2e *acc.* Pancrazj, Paul-François, de Monte.

SECONDE.

1er *prix.* MM. Susini, Toussaint, de Ciammanacce.
2e *prix.* Leca, Antoine-Marc, de Soccia.
1er *acc.* Fataccioli, Jules, Mathieu, de Bastelica.
2e *acc.* Mufraggi, Toussaint, de Bocognano.

C.

TROISIÈME.

1er *prix*. MM. Mozziconacci, Antoine-Dominique, de Loreto de Tallano.
2e *prix*. Colonna, Xavier-Antoine, de Balogna.
1er *acc*. Ceccaldi, Antoine-Marie, d'Ota.
2e *acc*. Maestracci, Jean-Félix, de Corscia, et Filippini Jean, de Renno.

QUATRIÈME

1er *prix*. MM. Pietri, François-Xavier, de Piana.
2e *prix*. Paoli, Pierre-Attilius, de Gavignano.
1er *acc*. Savori, André, de Calvi.
2e *acc*. Croce, François-André, de Piedicroce.

CINQUIÈME.

1er *prix*. MM. Quastana, Toussaint, d'Albitreccia.
2e *prix*. Guelfi, Marc-Marie, de Renno.
1er *acc*. Olivieri, François, de Luri.
1e *acc*. Pinelli, Jean-Baptiste, de S^{to} Pietro de Tenda et Saliceti Guy, de Saliceto.

SIXIÈME.

1er *prix*. MM. Filippi, Don-Valère, de Sorbollano.
2e *prix*. Pandolfi, Jean-Baptiste, de Serra.
1er *acc*. Rossi, Jean-Baptiste, d'Ocana.
2e *acc*. Durazzo, Pierre-François, de Sartene.
3e *acc*. Leca, Mathieu d'Arbori, et Casanova, Paul-François, d'Olmeto.

SEPTIÈME.

1er *prix*. MM. Peretti, Gaétan, de Levie.
2e *prix*. Acquatella, Marc-Toussaint, de Penta-Acquatella.
1er *acc*. Lanfranchi, Jean-Baptiste, de Bastelica.
2e *acc*. Castellani, Michel, de Ste Reparate de Balagna.
3e *acc*. Peretti, Joseph, d'Olmeto.

LANGUE FRANÇAISE.

PREMIÈRE DIVISION.

1er *prix*. MM. Ottavi, Baptiste, d'Ajaccio.
2^e *prix*. Bottani, Antoine, d'Ajaccio.

1er *acc.*   Ottavi, Paul, d'Ajaccio.

2e *acc.*   Bose, Nicolas, d'Ajaccio.

DEUXIÈME DIVISION.

1er *prix.* MM. Colonna, Antoine-Marie, de Balogna.

2e *prix.*   Pietri, Jacques, de Cauro, et Susini, Philippe, d'Ajaccio.

1er *acc.*   Gaffory, François-Xavier, de Corte.

2e *acc.*   Casile, Antoine, de Valle de Mezzana.

TROISIÈME DIVISION.

1er *prix.* MM. Luiggi, Joseph, d'Ajaccio.

2e *prix.*   Versini, Grégoire, de Calcatoggio.

1er *acc.*   Vico, Jean, d'Ajaccio.

2e *acc.*   Bonavita, Jacques-François, d'Urtaca.

PHILOSOPHIE.

Excellence

1er *prix.* MM. Brunati; Paul-Marie, de Zigliara.

2e *prix.*   Placidi, Jean, de Montemaggiore.

1er *acc.*   Franceschi, Jean-Augustin, déjà nommé.

2e *acc.*   Benedetti, Roch-Antoine, déjà nommé.

Dissertation latine.

1er *prix.* MM. Brunati, Paul-Marie, déjà nommé.

2e *prix.*   Franceschi, Jean-Augustin, trois fois nommé.

1er *acc.*   Placidi, Jean, déjà nommé.

2e *acc.*   Benedetti, Roch-Antoine, trois fois nommé.

Dissertation française.

Prix.   MM. Brunati, Paul-Marie, trois fois nommé.

1er *acc.*   Paoli, Dominique-Antoine, déjà nommé.

2e *acc.*   Antonini, Pierre-Toussaint, déjà nommé.

Dissertation italienne.

Prix.   MM. Franceschi, Jean-Augustin, quatre fois nommé, et Benedetti, Roch-Antoine, quatre fois nommé.

1er *acc.*   Placidi, Jean, trois fois nommé.

2e *acc.*   Brunati, Paul-Marie, quatre fois nommé.

Physique.

1er *prix*. MM. Brunati, Paul-Marie, cinq fois nommé.
2e *prix*.   Benedetti, Roch-Antoine, cinq fois nommé.
1er *acc.*   Paoli, Dominique-Antoine, trois fois nommé.
2e *acc.*   Placidi, Jean, quatre fois nommé.

Chimie.

Prix.   MM. Brunati, Paul-Marie, six fois nommé,
1er *acc.*   Placidi, Jean, cinq fois nommé,
2e *acc.*   Paoli, Dominique-Antoine, quatre fois nommé.
3e *acc.*   Benedetti, Roch-Antoine, six fois nommé.

MATHÉMATIQUES.

Géométrie.

1er *prix*. MM. Battesti, Antoine, déjà nommé.
2e *prix*.   De Roux, Henri, de Marseille.
1er *acc.*   Ceccaldi, Dominique, d'Ota.
2e *acc.*   Lucchini, Pierre-Marie, déjà nommé.

Algèbre.

1er *prix*. MM. Leca, Antoine-Marc, déjà nommé.
2e *prix*.   Costantini, Charles-Louis, de Ghisoni.
1er *acc.*   Ceccaldi, Eugène, de Piana.

Arithmétique.

Deuxième année.

1er *prix*. MM. Mozziconacci, Antoine-Dominique, déjà nommé.
2e *prix*.   Filippini, Jean, déjà nommé.
1er *acc.*   Ceccaldi, Antoine-Marie, déjà nommé.
2e *acc.*   Colonna, Xavier-Antoine, déjà nommé.

Première année.

1er *prix*. MM. Pietri, François-Xavier, déjà nommé.
2e *prix*.   Olivieri, Jean-Chrysostôme, de Cassano.
1er *acc.*   Padovani, Joseph-Marie, de Sorio.
2e *acc.*   Franceschi, Pierre-Joseph, de Pioggiola.

CLASSE DE RHÉTORIQUE.

Excellence.

1er *prix*.	MM. Battesti, Antoine, trois fois nommé.
2e *prix*.	Pancrazj, Paul-François, déjà nommé.
1er *acc*.	Muselli, Louis, déjà nommé.
2e *acc*.	Calcatoggio, François, d'Ajaccio.

Diligence.

1er *prix*.	MM. Battesti, Antoine, quatre fois nommé.
2e *prix*.	Muselli, Louis, trois fois nommé.
1er *acc*.	Lucchini, Pierre-Marie, trois fois nommé.
2e *acc*.	Calcatoggio, François, déjà nommé.

Discours latin.

1er *prix*.	MM. Battesti, Antoine, cinq fois nommé.
2e *prix*.	Pancrazj, Paul-François, trois fois nommé.
1er *acc*.	Canioni, Nicolas, d'Olmi et Cappella.
2e *acc*.	Calcatoggio, François, trois fois nommé.

Discours français.

1er *prix*.	MM. Battesti, Antoine, six fois nommé.
2e *prix*.	Pancrazj, Paul-François, quatre fois nommé.
1er *acc*.	Lucchini, Pierre-Marie, quatre fois nommé.
1e *acc*.	Calcatoggio, François, quatre fois nommé.

Discours italien.

1er *prix*.	MM. Pancrazj, Paul-Marie, cinq fois nommé.
2e *prix*.	Battesti, Antoine, sept fois nommé.
1er *acc*.	Muselli, Louis, quatre fois nommé.
2e *acc*.	Lucchini, Pierre-Marie, cinq fois nommé.

Version latine.

Prix.	MM. Battesti, Antoine, huit fois nommé.
1er *acc*.	Pancrazj, Paul-François, six fois nommé.
2e	Canioni, Nicolas, déjà nommé.

Version grecque.

Prix.   MM. Battesti, Antoine, neuf fois nommé.
1er acc.   Pancrazj, Paul-François, sept fois nommé.
2e acc.   Muselli, Louis, cinq fois nommé.

Vers latins.

Prix.   MM. Battesti, Antoine, dix fois nommé.
1er acc.   Pancrazj, Paul-François, huit fois nommé.
2e acc.   Canioni, Nicolas, trois fois nommé.

Analyse oratoire.

Prix.   MM. Battesti, Antoine, onze fois nommé.
1er acc.   Muselli, Louis, six fois nommé.
2e acc.   Lucchini, Pierre-Marie, six fois nommé.

Histoire et Géographie.

Prix.   MM. Muselli, Louis, sept fois nommé.
1er acc.   Battesti, Antoine, douze fois nommé.
2e acc.   Pancrazj, Paul-François, neuf fois nommé.

Examen du premier trimestre.

Prix.   MM. Battesti, Antoine, treize fois nommé, et Muselli, Louis, huit fois nommé.
Acc.   Pancrazj, Paul-François, dix fois nommé.

Examen du deuxième trimestre.

Prix.   MM. Muselli, Louis, neuf fois nommé, et Lucchini, Pierre-Marie, sept fois nommé.
Acc.   Pancrazj, Paul-François, onze fois nommé.

Examen du troisième trimestre.

Prix.   MM.
Acc.

MM. Caleatoggio, François, et Canioni, Nicolas, ont mérité chacun un prix pour avoir obtenu trois accessits.

CLASSE DE SECONDE.

Excellence.

1ᵉʳ *prix*. MM. Leca, Antoine-Marc, trois fois nommé.
2ᵉ *prix*. Susini, Toussaint, déjà nommé.
1ᵉʳ *acc.* Mufraggi, Toussaint, déjà nommé.
2ᵉ *acc.* Fataccioli, Jules-Matthieu, déjà nommé.

Diligence.

1ᵉʳ *prix*. MM. Susini, Toussaint, trois fois nommé.
2ᵉ *prix*. Leca, Antoine-Marc, quatre fois nommé.
1ᵉʳ *acc.* Fataccioli, Jules-Matthieu, trois fois nommé.
2ᵉ *acc.* Mufraggi, Toussaint, trois fois nommé.

Narration latine.

1ᵉʳ *prix*. MM. Susini, Toussaint, quatre fois nommé.
2ᵉ *prix*. Fataccioli, Jules-Matthieu, quatre fois nommé.
1ᵉʳ *acc.* Leca, Antoine-Marc, cinq fois nommé.
2ᵉ *acc.* Mufraggi, Toussaint, quatre fois nommé.

Narration française.

Prix. MM. Fataccioli, Jules-Matthieu, cinq fois nommé, et
Susini, Toussaint, cinq fois uommé.
1ᵉʳ *acc.* Leca, Antoine-Marc, six fois nommé.
2ᵉ *acc.* Mufraggi. Toussaint, cinq fois nommé.

Narration italienne.

Prix. MM. Susini, Toussaint, six fois nommé.
1ᵉʳ *acc.* Leca, Antoine-Marc, sept fois nommé.
2ᵉ *acc.* Fataccioli, Jules-Matthieu, six fois nommé.

Version latine.

Prix. MM. Leca, Antoine-Marc, huit fois nommé.
1ᵉʳ *acc.* Susini, Toussaint, sept fois nommé.
2ᵉ *acc.* Mufraggi, Toussaint, six fois nommé.

Version grecque.

Prix. MM. Susini, Toussaint, huit fois nommé.

1er *acc.*	Leca, Antoine–Marc, neuf fois nommé.
2e *acc.*	Mufraggi, Toussaint, sept fois nommé.

Vers latins.

Prix.	MM. Leca, Antoine-Marc, dix fois nommé.
1er *acc.*	Mufraggi, Toussaint, huit fois nommé.
2e *acc.*	Costantini, Charles-Louis, déjà nommé, et Peretti, Jean-Baptiste, de Levie.

Histoire et géographie.

Prix.	MM. Costantini, Charles-Louis, trois fois nommé.
1er *acc.*	Leca, Antoine-Marc, onze fois nommé.
2e *acc.*	Mufraggi, Toussaint, neuf fois nommé.

Examen du premier trimestre.

Prix.	MM. Leca, Antoine-Marc, douze fois nommé.
1er *acc.*	Susini, Toussaint, neuf fois nommé.
2e *acc.*	Fataccioli, Jules-Mathieu, sept fois nommé.

Examen du deuxième trimestre.

Prix.	MM. Susini, Toussaint, dix fois nommé.
1er *acc.*	Leca, Antoine-Marc, treize fois nommé.
1e *acc.*	Costantini, Charles-Louis, quatre fois nommé, et Ceccaldi, Engène, déjà nommé.

Examen du troisième trimestre.

Prix.	MM.
1er *acc.*	
2e *acc.*	

M. Mufraggi Toussaint, a mérité un prix pour avoir obtenu neuf accessits·

CLASSE DE TROISIÈME.

Excellence.

1er *prix.*	MM. Mozziconacci, Antoine-Dominique, trois fois nommé.
2e *prix.*	Filippini, Jean, trois fois nommé.

1er *acc.*	Colonna, Xavier-Antoine, trois fois nommé.
2e *acc.*	Ceccaldi, Antoine-Marie, trois fois nommé.

Diligence.

Prix.	MM. Colonna, Xavier-Antoine, quatre fois nommé, et Mozziconacci, Antoine-Dominique, quatre fois nommé.
1er *acc.*	Albertini, Jean-Baptiste, de Corscia.
2e *acc*	Ceccaldi, Antoine-Marie, quatre fois nommé.

Version latine.

Prix.	MM. Mozziconacci, Antoine-Dominique, cinq fois nommé.
1er *acc.*	Filippini, Jean, quatre fois nommé.
2e *acc.*	Ceccaldi, Antoine-Marie, cinq fois nommé.

Thème latin.

prix.	MM. Mozziconacci, Antoine-Dominique, six fois nommé.
1er *acc.*	Filippini, Jean, cinq fois nommé.
2e *acc.*	Colonna, Xavier-Antoine, cinq fois nommé.

Version grecque.

Prix.	MM. Mozziconacci, Antoine-Dominique, sept fois nommé.
1er *acc.*	Filippini, Jean, six fois nommé.
2e *acc.*	Colonna, Xavier-Antoine, six fois nommé, et Ceccaldi, Antoine-Marie, six fois nommé.

Vers latins.

Prix.	MM. Mozziconacci, Antoine-Dominique, huit fois nommé.
1er *acc.*	Filippini, Jean, sept fois nommé.
2e *acc.*	Albertini, Jean-Baptiste, déjà nommé.

Histoire et Géographie.

Prix.	MM. Maestracci, Jean-Félix, déjà nommé.
1er *acc.*	Colonna, Xavier-Antoine, sept fois nommé.
2e *acc.*	Mozziconacci, Antoine-Dominique, neuf fois nommé.

Examen du premier trimestre.

Prix. MM. N.....

1er *acc.*   Mozziconacci, Dominique-Antoine, dix fois nommé.

2e *acc.*   Filippini, Jean, huit fois nommé.

Examen du deuxième trimestre.

Prix. MM. Mozziconacci, Antoine-Dominique, onze fois nommé.

1er *acc.*   Filippini, Jean, neuf fois nommé.

2e *acc.*   Albertini, Jean-Baptiste, trois fois nommé.

Examen du troisième trimestre.

Prix. MM.

1er *acc.*

2e *acc.*

M. Ceccaldi, Antoine-Marie, a mérité un prix pour avoir obtenu cinq accessits.

CLASSE DE QUATRIÈME.

Excellence.

1er *prix.* MM. Pietri, François-Xavier, trois fois nommé.

2e *prix.*   Olivieri, Jean-Chrysostôme, déjà nommé.

1er *acc.*   Croce, François-André, déjà nommé.

2e *acc.*   Micaelli, Mathieu, de Ghisoni.

Diligence.

1er *prix.* MM. Pietri, François.Xavier, quatre fois nommé.

2e *prix.*   Croce, François-André, trois fois nommé.

1er *acc.*   Sivori, André, déjà nommé.

2e *acc.*   Donati, Jean-Thomas, de Casamaccioli.

Version latine.

1er *prix.* MM. Pietri, François-Xavier, cinq fois.

2e *prix.*   Croce, François-André, quatre fois nommé.

1er *acc.*   Micaelli, Mathieu, déjà nommé.

2ᵉ *acc.*   Versini, Ferdinand, de Cristinacce.

Thème latin.

1ᵉʳ *prix.* MM. Pietri, François-Xavier, six fois nommé.

2ᵉ *prix.*   Croce, François-André, cinq fois nommé, et Micaelli, Mathieu, trois fois nommé.

1ᵉʳ *acc.*   Olivieri, Jean-Chrysostôme, trois fois nommé.

2ᵉ *acc.*   Donati, Jean-Thomas, déjà nommé, et Paoli, Pierre-Attilius, déjà nommé.

Version grecque.

1ᵉʳ *prix.* MM. Pietri, François-Xavier, sept fois nommé.

2ᵉ *prix.*   Versini, Ferdinand, déjà nommé.

1ᵉʳ *acc.*   Olivieri, Jean-Chrysostôme, quatre fois nommé.

2ᵉ *acc.*   Croce, François-André, six fois nommé.

Vers latins.

Prix. MM. Olivieri, Jean-Chrysostôme, cinq fois nommé.

1ᵉʳ *acc.*   Croce, François-André, sept fois nommé, et Micaelli, Mathieu, quatre fois nommé.

2ᵉ *acc.*   Pietri, François-Xavier, huit fois nommé.

Italien.

Prix. MM. Micaelli, Mathieu, cinq fois nommé.

1ᵉʳ *acc.*   Pietri, François-Xavier, neuf fois nommé.

2ᵉ *acc.*   Olivieri, Jean-Chrysostôme, six fois nommé.

Histoire et Géographie.

Prix. MM. Pietri François-Xavier, dix fois nommé.

1ᵉʳ *acc.*   Olivieri, Jean-Chrisostôme, sept fois nommé, et Micaelli, Mathieu, six fois nommé.

2ᵉ *acc.*   Sivori, André, trois fois nommé.

Examen du premier trimestre.

1ᵉʳ *prix.* MM. Pietri, François-Xavier, onze fois nommé.

2ᵉ *prix.*   Leca, Pierre-Antoine, de Vico, et Sivori, André, quatre fois nommé.

1ᵉʳ *acc.*   Venturini, Antoine, d'Urtaca.

2ᵉ *acc.*   Croce, François-André, huit fois nommé, et Donati, Jean-Thomas, trois fois nommé.

Examen du deuxième trimestre.

1er *prix.* MM. Pietri, François-Xavier, douze fois nommé.
2e *prix.*   Croce, François-André, neuf fois nommé.
1er *acc.*   Sivori, André, cinq fois nommé.
2e *acc.*   Micaelli, Mathieu, sept fois nommé.

Examen du troisième trimestre.

1er *prix.* MM.
2e *prix.*
1er *acc.*
2e *acc.*

M. Sivori, André, a mérité un prix pour avoir obtenu trois accessits.

CLASSE DE CINQUIÈME.

Excellence.

1^{eh} *prix.* MM. Quastana, Toussaint, déjà nommé.
2e *pprix.*   Guelfi, Marc-Marie, déjà nommé.
1er *acc.*   Olivieri, François, déjà nommé.
2e *acc.*   Saliceti, Guy, déjà nommé.

Diligence.

1er *prix.* MM. Guelfi, Marc-Marie, trois fois nommé.
2e *prix.*   Pinelli, Jean-Baptiste, déjà nommé.
1er *acc.*   Quastana, Toussaint, trois fois nommé.
2e *acc.*   Piras, François-Augustin, de Bonifacio.

Version latine.

1er *prix.* MM. Quastana, Toussaint, quatre fois nommé.
2e *prix.*   Guelfi, Marc-Marie, quatre fois nommé.
1er *acc.*   Olivieri, François, trois fois nommé, et Saliceti, Guy, trois fois nommé.
2e *acc.*   Pinelli, Jean-Baptiste, trois fois nommé.

Thème latin.

1er *prix.* MM. Guelfi, Marc-Marie, cinq fois nommé.

2e *prix.*	Olivieri, François, quatre fois nommé.
1er *acc.*	Quastana, Toussaint, cinq fois nommé.
2e *acc.*	Saliceti, Guy, quatre fois nommé.

Version grecque.

1er *prix.* MM.	Quastana, Toussaint, six fois nommé.
2e *prix.*	Guelfi, Marc–Marie, six fois nommé.
1er *acc.*	Pinelli, Jean – Baptiste, quatre fois nommé, et Saliceti, Guy, cinq fois nommé.
2e *acc.*	Colonna, Pascal, de Balogna, et Piras, François-Augustin, déjà nommé.

Exercices français.

1er *prix.* MM.	Quastana, Toussaint, sept fois nommé.
2e *prix.*	Olivieri, François, cinq fois nommé.
1er *acc.*	Guelfi, Marc–Marie, sept fois nommé.
2e *acc.*	Saliceti, Guy, six fois nommé.

Italien.

1er *prix.* MM.	Olivieri, François, six fois nommé.
2e *prix.*	Saliceti, Guy, sept fois nommé.
1er *acc.*	Pinelli, Jean-Baptiste, cinq fois nommé, et Quastana, Toussaint, huit fois nommé.
2e *acc.*	Geronimi, Marcel, de Casamaccioli.

Histoire et Géographie.

1er *prix.* MM.	Quastana, Toussaint, neuf fois nommé.
2e *prix.*	Guelfi, Marc-Marie, huit fois nommé, et Saliceti, Guy, huit fois nommé.
1er *acc.*	Pinelli, Jean–Baptiste, six fois nommé.
2e *acc.*	Antonini, François, de Salice.

Examen du premier trimestre.

1er *prix.* MM.	Quastana, Toussaint, dix fois nommé.
2e *prix.*	Guelfi, Marc–Marie, neuf fois nommé.
1er *acc.*	Piras, François-Augustin, trois fois nommé.
2e *acc.*	Bonavita Don Paul, d'Urtaca.

Examen du deuxième trimestre.

1er *prix.* MM.	Quastana, Toussaint, onze fois nommé.

2e *prix.*   Pinelli, Jean-Baptiste, sept fois nommé.
1er *acc.*   Venturini, Pierre-François, d'Urtaca.
2e *acc.*   Saliceti, Guy, neuf fois nommé.

Examen du troisième trimestre.

1er *prix.* MM.
2e *prix.*
1er *acc.*
2e *acc.*

CLASSE DE SIXIÈME.

Excellence.

1er *prix.* MM. Filippi, Don-Valère, et Pandolfi, Jean-Baptiste,
      déjà nommés.
2e *prix.*   Pietri, Paul-François, de Cauro.
1er *acc.*   Rossi, Jean-Baptiste, déjà nommé.
2e *acc.*   Casanova, Paul-François, déjà nommé.
3er *acc.*   Comiti, Jean-Baptiste, de Serra.

Diligence.

1er *prix.* MM. Rossi, Jean-Baptiste, trois fois nommé.
2e *prix.*   Filippi, Don-Valère, trois fois nommé.
1er *acc.*   Pandolfi, Jean-Baptiste, trois fois nommé.
2e *acc.*   Casanova, Paul-François, trois fois nommé.
3e *acc.*   Leca, Mathieu, déjà nommé.

Version latine.

1er *prix.* MM. Pietri, Paul-François, déjà nommé.
2e *prix.*   Pandolfi, Jean-Baptiste, quatre fois nommé.
1er *acc.*   Filippi, Don-Valère, quatre fois nommé, et
2e *acc.*   Rossi, Jean-Baptiste, quatre fois nommé.
3e *acc.*   Casanova, Paul-François, quatre fois nommé.
3e *acc.*   Ottavi, Paul-François, de Bastelica.

Thème latin.

1er *prix.* MM. Rossi, Jean-Baptiste, cinq fois nommé.
2e *prix.*   Filippi, Don-Valère, cinq fois nommé.

1er *acc.*   Pandolfi, Jean-Baptiste, cinq fois nommé, et
         Pietri, Paul-François, trois fois nommé.

2e *acc.*   Casanova, Paul-François, cinq fois nommé.

3e *acc.*   Durazzo, Pierre-François, déjà nommé.

Orthographe.

1er *prix.* MM. Pietri, Paul-François, quatre fois nommé.

2e *prix.*   Pandolfi, Jean-Baptiste, six fois nommé.

1er *acc.*   Comiti, Jean-Baptiste, déjà nommé.

2e *acc.*   Filippi, Don-Valère, six fois nommé, et Rossi,
         Jean-Baptiste, six fois nommé.

3e *acc.*   Casanova, Paul-François, six fois nommé.

Analyse.

1 *prix.* MM. Filippi, Don-Volère, sept fois nommé, et Pan-
         dolfi, Jean-Baptiste, sept fois nommé,

2e *prix.*   Rossi, Jean-Baptiste, sept fois nommé.

1er *acc..*   Pietri, Paul-François, cinq fois nommé.

2 *acc.*   Comiti, Jean-Baptiste, trois fois nommé.

3e *acc.*   Casanova, Paul-François, sept fois nommé.

Histoire et Géographie.

1er *prix.* MM. Filippi, Don-Valère, huit fois nommé.

2e *prix.*   Casanova, Paul-François, huit fois nommé.

1er *acc.*   Pandolfi, Jean-Baptiste, huit fois nommé.

2e *acc.*   Pietri, Paul-François, six fois nommé, et Géro-
         mini, Jean-Baptiste, de Casamaccioli.

3e *acc.*   Rossi, Jean-Baptiste, huit fois nommé.

Examen du premier trimestre.

1er *prix.* MM. Casanova, Paul-François, neuf fois nommé.

2e *prix.*   Rossi, Jean-Baptiste, neuf fois nommé.

1er *acc.*   Pietri, Paul-François, sept fois nommé.

2e *acc.*   Geronimi, Jean-Baptiste, déjà nommé.

3e *acc.*   Filippi, Don-Valère, neuf fois nommé, et
         Pandolfi, Jean-Baptiste, neuf fois nommé.

Examen du deuxième trimestre.

1er *prix.* MM. Rossi, Jean-Baptiste, dix fois nommé.

2er *prix.*   Casanova, Paul-François, dix fois nommé.

1er *acc.*   Comiti, Jean-Baptiste, quatre fois nommé.

2e *acc.*   Géronimi, Jean-Baptiste, trois fois nommé.

3e *acc.*   Filippi, Don-Valère, dix fois nommé, et Ottavi, Paul-François, déjà nommé.

Examen du troisième trimestre.

1er *prix.* MM.

2e *prix.*

1er *acc.*

2e *acc.*

3e *acc.*

M. Comiti, Jean-Baptiste, a mérité un prix pour avoir obtenu quatre accessits.

CLASSE DE SEPTIÈME.

Excellence.

1er *prix.* MM. Peretti, Thomas-Gaëtan, déjà nommé.

2e *prix.*   Leca, François, de Renno.

1er *acc.*   Acquatella, Marc, déjà nommé.

2e *acc.*   Guglielmi, Jean-Pierre, de Cassano.

3e *acc.*   Cuglielmi, Nonce-Marie-Napoléon, de Cassano, et Seta, François, de Bastelica.

Diligence.

1er *prix.* MM. Guglielmi, Jean-Pierre, déjà nommé, et Seta, François, déjà nommé.

2e *prix.*   Peretti, Gaëtan, trois fois nommé, et Lanfranchi, Jean-Baptiste, déjà nommé.

1er *acc.*   Castellani, Michel, déjà nommé.

2e *acc.*   Acquatella, Marc, trois fois nommé.

3e *acc.*   Guglielmi, Nonce-Marie-Napoléon, déjà nommé, et Peretti, Joseph, déjà nommé.

Version latine.

1er *prix.* MM. Acquatella, Marc, quatre fois nommé.

2e *prix*.	Peretti, Thomas-Gaëtan, quatre fois nommé.
1er *acc*.	Guglielmi, Jean-Pierre, trois fois nommé.
2e *acc*.	Leca, François, déjà nommé.
3e *acc*.	Ceccaldi, François-Antoine, de Calvi.

Thème latin.

1er *prix*. MM.	Leca, François, trois fois.
2e *prix*.	Peretti, Thomas-Gaëtan, cinq fois nommé.
1er *acc*.	Guglielmi, Jean-Pierre, quatre fois nommé.
2e *acc*.	Acquatella, Marc, cinq fois nommé.
3e *acc*.	Lanfranchi, Jean-Baptiste, trois fois nommé.

Orthographe.

1er *prix*. MM.	Peretti, Thomas-Gaëtan, six fois nommé.
2e *prix*.	Leca, François, quatre fois nommé.
1er *acc*.	Acquatella, Marc, six fois nommé.
2e *acc*.	Guglielmi, Jean-Pierre, cinq fois nommé.
3e *acc*.	Lanfranchi, Jean-Baptiste, quatre fois nommé.

Analyse.

1er *prix*. MM.	Leca, François, cinq fois nommé.
2e *prix*.	Peretti, Thomas-Gaëtan, sept fois nommé.
1er *acc*.	Acquatella, Marc, sept fois nommé.
2e *acc*.	Guglielmi, Nonce-Marie-Napoléon, trois fois nommé.
3e *acc*.	Guglielmi, Jean-Pierre, six fois nommé.

Histoire et Géographie.

1er *prix*. MM.	Peretti, Thomas-Gaëtan, huit fois nommé.
2e *prix*.	Seta, François, trois fois nommé.
1er *acc*.	Guglielmi, Jean-Pierre, sept fois nommé, et Leca, François, six fois nommé.
2e *acc*.	Acquatella, Marc, huit fois nommé, et Peretti, Joseph, déjà nommé.
3e *acc*.	Castellani, Michel, trois fois nommé.

Examen du premier trimestre.

1er *prix*. MM.	Seta, François, quatre fois nommé.
2e *prix*.	Peretti, Thomas-Gaëtan, neuf mois nommé

2.

1er *acc.*	Guglielmi, Jean-Pierre, 8 fois nommé.
2e *acc.*	Lanfranchi, Jean-Baptiste, cinq fois nommé.
3e *acc.*	Leca, François, sept fois nommé.

Examen du deuxième trimestre.

1er *prix.* MM.	Peretti, Thomas-Gaëtan, dix fois nommé.
2e *prix.*	Guglielmi, Jean-Pierre, neuf fois nommé.
1er *acc.*	Seta, François, ciuq fois nommé.
2e *acc.*	Acquatella, Marc, neuf fois nommé.
3e *acc.*	Guglielmi, Nonce-Marie-Napoléon, quatre fois nommé, et Lanfranchi, Jean-Baptiste, six fois nommé.

Examen du troisième trimestre.

1er *prix.* MM.	
2e *prix.*	
1er *acc.*	
2e *acc.*	
3e *acc.*	

MM. Guglielmi, Nonce-Marie-Napoléon, et Castellani, Michel, ont mérité chacun un prix pour avoir obtenu trois accessits.

LANGUE FRANÇAISE.

PREMIÈRE DIVISION.

Excellence.

Prix.	MM. Ottavi, Baptiste, déjà nommé.
1er *acc.*	Bottani, Antoine, déjà nommé.
2e *acc.*	Ottavi, Paul, déjà nommé.

Diligence.

Prix.	MM. Ottavi, Baptiste, trois fois nommé.
1er *acc.*	Ottavi, Paul, trois fois nommé.
2e *acc.*	Bosc, Nicolas, déjà nommé.

Style épistolaire.

Prix.   MM. Ottavi, Baptiste, quatre fois nommé.
1ᵉʳ *acc.*   Bottani, Antoine, trois fois nommé.
2ᵉ *acc.*   Bosc, Nicolas, trois fois nommé.

Analyse logique.

Prix.   MM. Ottavi, Baptiste, cinq fois nommé.
1ᵉʳ *acc.*   Bottani, Antoine, quatre fois nommé.
2ᵉ *acc.*   Ottavi, Paul, quatre fois nommé.

Exercice français.

Prix.   MM. Ottavi, Baptiste, six fois nommé.
1ᵉʳ *acc.*   Ottavi, Paul, cinq fois nommé.
2ᵉ *prix.*   Bottani, Antoine, cinq fois nommé.

Histoire et Géographie.

Prix.   MM. Bottani, Antoine, six fois nommé.
1ᵉʳ *acc.*   Ottavi, Baptiste, sept fois nommé.
2ᵉ *acc.*   Solari, Jean, d'Ajaccio.

Examen du premier trimestre.

Prix.   MM. Ottavi, Baptiste, huit fois nommé.
1ᵉʳ *acc.*   Frasseto, Matthieu, d'Ajaccio.
2ᵉ *acc.*   Bottani, Antoine, sept fois nommé.

Examen du deuxième trimestre.

Prix.   MM. Ottavi, Baptiste, neuf fois nommé, et Bottani,
              Antoine, huit fois nommé.
1ᵉʳ *acc.*   Frasseto, Matthieu, déjà nommé.
2ᵉ *acc.*   Ottavi, Paul, six fois nommé.

Examen du troisième trimestre.

Prix. MM.
1ᵉʳ *acc.*
2ᵉ *acc.*

MM. Ottavi, Paul, et Bosc, Nicolas, ont mérité chacun un prix
pour avoir obtenu trois accessits.

DEUXIÈME DIVISION.

Excellence.

1er *prix*. MM. Gaffory, François-Xavier, déjà nommé.
2e *prix*.　　　Casile, Antoine, déjà nommé.
1er *acc*.　　　Saliceti, Ange-Félix, de Saliceto.
2e *acc*.　　　Susini, Philippe, déjà nommé, et Peraldi, François, d'Ajaccio.

Diligence.

1er *prix*. MM. Gaffory, François-Xavier, trois fois nommé.
2e *prix*.　　　Saliceti, Ange-Félix, déjà nommé.
1er *acc*.　　　Peraldi, François, déjà nommé.
2e *acc*.　　　Casile, Antoine, trois fois nommé.

Orthographe.

1er *prix*. MM. Gaffory, François-Xavier, quatre fois nommé.
2e *prix*.　　　Casile, Antoine, quatre fois nommé.
1er *acc*.　　　Peraldi, François, trois fois nommé.
2e *acc*.　　　Saliceti, Ange-Félix, trois fois nommé.

Analyse.

1er *prix*. MM. Gaffory, François-Xaxier, cinq fois nommé.
2e *prix*.　　　Casile, Antoine, cinq fois nommé.
1er *acc*.　　　Pietri, Jacques, déjà nommé.
2e *acc*.　　　Saliceti, Ange-Félix, quatre fois nommé.

Histoire et Géographie.

1er *prix*.　　　Gaffory, François-Xavier, six fois nommé.
2e *prix*.　　　Susini, Philipe, trois fois nommé.
1er *acc*.　　　Saliceti, Ange-Félix, cinq fois nommé.
2e *acc*.　　　Casile, Antoine, six fois nommé.

Examen du premier trimestre.

1er *prix*.　　　Gaffory, François-Xovier, sept fois nommé.
2e *prix*.　　　Casile, Antoine, sept fois nommé.

1ᵉʳ *acc.*   Saliceti, Ange-Félix, six fois nommé.
2ᵉ *acc.*   Peraldi, François, quatre fois nommé.

Examen du deuxième trimestre.

1ᵉʳ *prix.*   MM. Gaffory, François-Xavier, huit fois nommé.
2ᵉ *prix.*   Saliceti, Ange-Félix, sept fois nommé.
1ᵉʳ *acc.*   Pietri, Jacques, trois fois nommé.
2ᵉ *acc.*   Colonna, Antoine, déjà nommé.

Examen du troisième trimestre.

1ᵉʳ *prix.* MM.
2ᵉ *prix.*
1ᵉʳ *acc.*
2ᵉ *acc.*

M. Peraldi, François, a mérité un prix pour avoir obtenu trois accessits.

TROISIÈME DIVISION.

Diligence.

Prix.   MM. Bonavita, Jacques-François, déjà nommé.
1ᵉʳ *acc.*   Luiggi, Joseph, déjà nommé.
2ᵉ *acc.*   Vico, Jean, déjà nommé.

Orthographe.

Prix.   MM. Luiggi, Joseph, trois fois nommé.
1ᵉʳ *acc.*   Biguglia, Jérôme, de Cardo.
2ᵉ *acc.*   Vico, Jean, trois fois nommé, et Bonavita, Jacques-François, trois fois nommé.

Analyse.

Prix.   MM. Luiggi, Joseph, quatre fois nommé.
1ᵉʳ *acc.*   Versini, Grégoire, déjà nommé.
2ᵉ *acc.*   Versini, Pascal, de Marignana.

Histoire.

Prix. MM. Versini, Pascal, déjà nommé.
1er *acc.* Luiggi, Joseph, cinq fois nommé.
2e *acc.* Vico, Jean, quatre fois nommé.

Examen du premier trimestre.

Prix. MM. Luiggi, Joseph, six fois nommé.
1er *acc.* Bonavita, Jacques-François, quatre fois nommé.
2e *acc.* Forcioli, Jean, d'Arbéllara.

Examen du troisième trimestre.

1er *prix.* MM. Versini, Grégoire, trois fois nommé.
1er *acc.* Seta, Pascal, de Bastelica.
2e *acc.* Vico, Jean, cinq fois nommé.

Examen du troisième trimestre.

Prix. MM.
1er *acc.*
2e *acc.*

M. Vico, Jean, a mérité un prix pour avoir obtenu quatre accessits.

MUSIQUE VOCALE.

PREMIÈRE DIVISION.

1er *prix*. MM. Canioni, Nicolas, quatre fois nommé.
1e *acc.*   Dominici, Thomas, déjà nommé.
2e *acc.*   Ceccaldi, Antoine-Marie, sept fois nommé.

DEUXIÈME DIVISION.

Prix.   MM. Donati, Jean-Thomas, trois fois nommé.
1er *acc.*   Marchesi, Jean, de Belgodère.
2e *acc.*   Paoli, Attilius, trois fois nommé, et Olivieri
           Jean-Chrysostôme, huit fois nommé.

TROISIÈME DIVISION.

1er *prix*. MM. Guglielmi, Nonce-Marie-Napoléon, cinq fois
           nommé.
1er *acc.*   Peretti, Thomas-Gaëtan, onze fois nommé.
2e *acc.*   Salvetti, Jean-Félix, de Castifao.

MUSIQUE INSTRUMENTALE.

Piano.

Prix.   MM. Bonavita, Don-Paul, déjà nommé.
1er *acc.*   Guelfi, Marc-Marie, dix fois nommé.
2e *acc.*   Salvetti, Jean-Félix, déjà nommé.

CALLIGRAPHIE.

PREMIÈRE DIVISION.

1er *prix*. MM. Milani, Charles, de Montemaggiore.
2e *prix*.   Morani, François, de Muro, et Ceccaldi, Fran-
           çois-Antoine, de Calvi.

1er *acc.*   Castellani, Michel, quatre fois nommé.

2º *acc.*   Galloni, Michel-Antoine, d'Olmeto.

3ᵉ *acc.*   Guglielmi, Nonce-Marie-Napoléon, six fois nommé.

DEUXIÈME DIVISION.

1er *prix.* MM. Casanova, Pierre, de Corte.

2ᵉ *prix.*   Peraldi, François, cinq fois nommé.

1er *acc.*   Casile, Antoine, sept fois nommé.

2ᵉ *acc.*   Pietri, Jacques, quatre fois nommé.

TROISIÈME DIVISION.

Prix.   MM. Biguglia, Jérôme, déjà nommé.

1er *acc.*   Versini, Pascal, trois fois nommé.

2ᵉ *acc.*   Ottavi, Pierre, d'Ajaccio.

AVIS.

La rentrée des classes est fixée au 1er octobre 1854. Nous prions les parents, dans l'intérêt de leurs enfants, de prendre des mesures pour que tous nos élèves puissent être rendus au Séminaire, dès le 30 septembre au soir. Le lendemain matin, à neuf heures, on célèbre la messe du Saint-Esprit, et les classes sont ouvertes. Quelques jours après, les compositions commencent, et les élèves absents, pour toute autre motif que celui de santé ou force majeure, sont sensés avoir obtenu la dernière place.

Il n'y a pas d'âge fixé pour l'admission au Petit-Séminaire. Les jeunes gens qu'on désire y placer, doivent savoir lire et écrire sous la dictée. Ils apporteront avec eux leur acte de Baptême, un certificat de bonne conduite délivré par leur curé, et une note de de leur parents, qui fasse connaître s'ils ont été vaccinés ou non. Les demandes d'admission seront adressées, par lettre affranchie, à l'économe du Petit-Séminaire. On recevra, en réponse, un extrait du *Prospectus*, avec l'indication du *numéro*, dont tous les effets de l'élève doivent être marqués.

Le Petit-Séminaire continuera de recevoir des externes aux conditions déjà établies. Ils passeront la journée entière dans l'établissement, sauf les heures du repas.

La durée de l'année scolaire est de dix mois. Le prix de la pension est de 400 fr., payable par tiers, par trimestre et d'avance, aux époques suivantes, savoir : le 1er octobre, le 1er janvier et le 1er avril.

Tout trimestre commencé est acquis à l'établissement, et doit être soldé en entier, nonobstant les absences, le seul cas d'exclusion excepté.

Dans le prix de la pension sont compris les frais généraux de nourriture, logement, éclairage, service, enseignement classique, blanchissage et repassage, abonnement au médecin et à la pharmacie, leçons de calligraphie et de musique vocale.

Les fournitures pour l'entretien du trousseau, les frais de livres, papier et plumes, les leçons de dessin et de musique instrumentale demeurent à la charge des parents, aussi bien que les répétitions ou leçons particulières.

Un élève qui perdrait entièrement de vue ses études pendant les mois de l'été, se trouverait fort en arrière à la rentrée des classes. Pour obvier à cet inconvénient, chaque élève du Petit-Séminaire reçoit en quittant la maison, un *devoir des vacances*, que MM. les Professeurs corrigent soigneusement aussitôt après la rentrée, et dont ils tiennent note pour fixer le prix de diligence à la fin de l'année. Nous invitons les parents à veiller sur leurs enfants, afin que le devoir des vacances soit fait entier et avec soin.